AF279379

Cuidado con lo que deseas

Colección

cuentos solidarios

Número **13**

Cuidado con lo que deseas

Texto/ 作者：

Ariadna Santana Fiérrez

Ilustraciones/ 插图：

Kilian González Cardona

Traducción/ 翻译：

Lili Wang

ULPGC
Universidad de
**Las Palmas de
Gran Canaria** | Servicio de
**Publicaciones y
Difusión Científica**

Fundación **MAPFRE**
Canarias

2024

Colección **Cuentos Solidarios,** número 13

© **del texto:**
Ariadna Santana Fiérrez
© **de las ilustraciones:**
Kilian González Cardona
© **de la traducción al chino:**
Lili Wang

© **de la edición:**
Universidad de Las Palmas de Gran Canaria
Fundación Mapfre Canarias

1ª edición, 2024
Edición bilingüe español-chino

Realización:
Servicio de Publicaciones
y Difusión Científica de la ULPGC

ISBN: 978-84-9042-532-9
Depósito Legal: GC 521-2024

Impresión: Advantia, Comunicación Gráfica, S.A.
Impreso en España. *Printed in Spain*

SANTANA FIÉRREZ, Ariadna
  Cuidado con lo que deseas = [小心你的愿望] / texto = 作者, Ariadna Santana Fiérrez ; 插图 = illustrations, Kilian González Cardona ; traducción = 翻译, Lili Wang. -- Las Palmas de Gran Canaria : Universidad de Las Palmas de Gran Canaria, Servicio de Publicaciones y Difusión Científica : Fundación Mapfre Canarias, 2024
  56 p. ; 21 x 21 cm. -- (Cuentos solidarios; 13)
  ISBN 978-84-9042-532-9
  I. González Cardona, Kilian, il. II.Wang, Lili, trad. III. Universidad de Las Palmas de Gran Canaria, ed. IV. Fundación Mapfre Canarias, ed. V. Título VI. Título: 小心你的愿望 VII. Serie
  821.134.2-36
  821.581-36
  Thema: FYB, YFB, YFU, 2ADS, 2GDC

Índice/ 目录

Presentación

Te encuentras, amable lector o lectora, ante un nuevo fruto de un proyecto sociocultural ilusionante que pusieron en marcha la Universidad de Las Palmas de Gran Canaria y la Fundación MAPFRE Canarias hace ya trece años, un concurso de *Cuentos Solidarios* cuya finalidad es la publicación, con fines benéficos, de relatos dirigidos a un público infantil en los que se conjuguen la calidad narrativa y la transmisión de valores. Todo el proyecto, en efecto, está teñido de un espíritu solidario, pues en él colaboran, de modo altruista, la autora, las traductoras y el ilustrador, y todos los beneficios de las ventas se destinan a la organización no gubernamental radicada en Canarias o en el continente africano que ha seleccionado la autora del cuento ganador, en este caso, la *Asociación Canaria Sociosanitaria Te Acompañamos*, una organización sin ánimo de lucro

前言

亲爱的读者，正如您所知，十三年前，西班牙大加纳利岛拉斯帕尔马斯大学和MAPFRE加那利群岛基金会在共同发起了一个新的令人振奋人心的社会文化项目，即Cuentos Solidarios《团结故事》竞赛，该竞赛旨在为慈善事业出版儿童故事书，并向儿童读者传递人文价值观。事实上，整个项目组团结一致，作者、译者及插画家无私奉献、合作，并且每年故事书的所有销售利润均捐给获奖故事作者所遴选的位于加那利群岛或非洲大陆的非政府组织。在本次项目中，Asociación Canaria Sociosanitaria Te Acompañamos （加纳利我们陪伴你社会卫生协会）正是一

implicada en la lucha contra las situaciones de exclusión social.

En *Cuidado con lo que deseas*, el cuento ganador de esta XIII Edición, Ariadna Santana Fiérrez despliega con maestría y con cierta dosis de suspense una historia que tiene mucho que ver con uno de los asuntos candentes de nuestro tiempo, la irresistible atracción que ejerce sobre nosotros, desde edades cada vez más tempranas, la tecnología, y en especial la de los teléfonos móviles o las *tablets*, que nos permiten, sí, estar en todo momento conectados con quienes queremos, pero pueden acabar alienándonos de nuestra vida y de la relación enriquecedora con quienes nos quieren, haciéndonos perder unos momentos de felicidad que serán más tarde irrecuperables. La protagonista de la historia, una niña que celebra precisamente su décimo cumpleaños, aprenderá, gracias a su familia y con un poco de magia, que las cosas tienen su tiempo, y que es preferible disfrutar de cada momento de la vida sin querer quemar etapas demasiado aprisa.

Además de estos valores humanos que nuestros libros transmiten, los cuentos sirven también como

致力于反社会排斥的非营利组织。

在今年第十三版的获奖故事《小心你的愿望》中，作者Ariadna Santana Fiérrez（阿里阿娜·桑塔纳·费雷斯）巧妙地展开了一个带有悬念的故事，这个故事与我们这个时代的主题密切相关，并且它对我们有着不可抗拒的吸引力。从孩提时起，技术，尤其是手机或平板电脑就对我们产生了很大的影响，它让我们能够随时与别人保持联系，但最终有可能使我们疏离原本的生活，疏远我们与那些爱护我们的人之间的密切关系，让我们失去无法挽回的幸福时光。本书故事的主角是一个正在庆祝她十岁生日的小女孩，在家人和魔法的帮助下，她终于领悟到凡事要顺其自然，最好是享受当下生活的每个时刻，欲速则不达。

我们的书籍除了传递的这些新兴的人文价值观之外，还可以作为外语学习

instrumento didáctico para complementar el aprendizaje de lenguas extranjeras, un valor emergente en nuestra sociedad y nuestra cultura. Por eso la obra se distribuye en tres ediciones bilingües, en las que han colaborado como traductoras Bianca Manuela Sandu, Véronique Guillén Archambault y Lili Wang, que se han ocupado de las versiones al inglés, francés y chino, respectivamente. El libro se ha enriquecido, además, con las preciosas ilustraciones de Kilian González Cardona.

Deseamos, en fin, expresar nuestro agradecimiento a quienes han formado parte de este proyecto, que esperamos que siga contribuyendo a desarrollar el espíritu solidario en nuestra sociedad.

Y poco más es lo que tenemos que decirte. Si acaso, que disfrutes con la lectura del libro y que nos ayudes a difundir este proyecto hablando de él a otros, o incluso adquiriendo algún otro ejemplar que seguro que hará felices a otros lectores. Y hasta participando en él, si te ves con ánimo, en futuras ediciones…

的教辅工具。该书分为三个双语版本，由Bianca Manuela Sandu，Véronique Guillén Archambault 和王丽丽分别负责英文、法文和中文版本的翻译工作。其中，插画师Kilian González Cardona的精美作品也让本书更加丰富多彩。

最后，我们向参与该项目的所有成员表示衷心的感谢，同时也希望该项目继续为发展我们社会团结一致的精神做出贡献。

言尽于此。如果还有什么想说的话，那就是希望您喜欢阅读本书，并且希望通过您的交流来帮助我们传播团结故事这个加那利地区的社会文化项目，您也可以多购买一本此书取悦您的家人或朋友。如果您愿意的话，甚至可以参与到我们未来的出版事业中……

Cuidado con lo que deseas
小心你的愿望

Todo comenzó en un día muy especial para la familia Rivera, el décimo cumpleaños de la pequeña Athenea. En una mañana muy soleada, todos los habitantes de la casa estaban durmiendo, y no se escuchaba ni una mosca en todo el vecindario. Cuando, al cabo de unos minutos, se escuchó a lo lejos el sonido del teléfono: ¡ring ring ring!, Athenea, que era la que tenía el sueño más ligero, se despertó, se levantó sobresaltada de la cama, corrió lo más rápido que pudo hasta llegar a las escaleras, saltó los escalones de dos en dos y alcanzó a descolgar el teléfono.

这一切都始于里维拉一家不同寻常的一天，也就是小雅典娜十岁生日的那天。那是一个阳光明媚的清晨，整个街区鸦雀无声，连蚊虫都悄无声息，所有人都沉浸在睡梦中。突然，远处传来一阵电话铃声：叮铃铃，叮铃铃，叮铃铃！一向睡眠浅的雅典娜被惊醒了，她立马从床上爬起来，一下子跳下床，撒腿就奔向楼梯，三步并作两步，以最快的速度冲下楼去，拿起电话。

—¿Sí? ¿Quién es?
—respondió Athenea agitada.
—¡Cumpleaños feliz,
cumpleaños feliz,
te deseo yo a ti,
cumpleaños feliz! —le
cantó la abuela María
con gran entusiasmo.
—¡Ay, yaya, te has
acordado!, pensé que se
te olvidaría.
Ya me estoy haciendo
muy mayor —respondió
Athenea muy ilusionada.
—Claro, mi niña, recuerdo
cuando eras como un
garbanzo y te sostenía
entre mis brazos. Tú eras
muy buena y lo sigues siendo.
No cambies nunca. Siento
mucho no poder acompañarte
en este día. Sabes que
tengo muchas obligaciones
que cumplir. Desde que
tenga un hueco iré a verte,
te lo prometo, y recuperaremos
juntas el tiempo perdido.

"喂，谁啊？"
雅典娜焦急地问道。

"祝你生日快乐，祝你
生日快乐，祝你生日快乐，
祝你生日快乐！"只听电话
那头奶奶玛丽亚热情地在唱
生日歌。

"啊呀呀，奶奶，您还
记得我的生日！我还以为您
忘了呢，您看我又长大了一
岁。"雅典娜兴奋地说道。

"当然了，我的好孩
子，我记得你还是小不点儿
的时候，我把你抱在怀里，
你是那么让人喜欢，现在也
是，你永远都不要改变什
么。很抱歉今天我不能陪
你，你知道我有很多事情要
做。我答应你，一有时间我
就会来看你，把我欠你的给
你补上。"

Cariño, te deseo con todo mi corazón que todos tus sueños se hagan realidad y que disfrutes mucho con tus amiguitos y amiguitas esta tarde. Ya me contarás cómo disfrutaste de tu día, un beso enorme —respondió la abuela muy emocionada.

—Gracias, abuela. Te quiero mucho, nos vemos pronto —contestó Athenea con añoranza, suspiró y colgó el teléfono.

La conexión especial entre Athenea y su abuela era más que evidente. La niña confiaba plenamente en ella y era la persona que mejor la entendía del mundo. Ella sabía perfectamente cómo calmarla ante la tempestad o cómo apoyarla cuando más lo necesitaba. Esta complicidad se debía a que desde que tenía un año la encargada de su cuidado había sido su abuela, ya que sus padres trabajaban sin

"亲爱的，我诚心诚意祝愿你所有梦想都能成真，祝你今天下午你和你的朋友们玩得开心，到时候你告诉我今天过得怎么样，给你一个大大的飞吻。"奶奶高兴地说了一大串。

"谢谢奶奶，我很爱您，回头见。"

雅典娜热切地回应道。依依不舍地挂断了电话，她轻轻地出了一口气。

很明显，雅典娜和奶奶之间的特殊情感非同一般。这个小孙女儿对奶奶百分百信任，因为奶奶是这个世界上最了解她的人，奶奶知道如何在她情绪爆发的时候让她平静下来，知道如何在她最需要的时候帮助她。从她一岁起，就由奶奶负责照顾，而父母整天忙于工作，为的也是不让她缺这那。

cesar para que no le faltara de nada. Sin embargo, al cabo de los años, la abuela María tuvo que irse a Nueva York por temas de negocios. Athenea al principio no entendía que se tuviera que ir, y pensaba que la había abandonado, hasta que fue asimilando la nueva situación. A pesar de ello, la echaba mucho de menos y se apenaba continuamente por estar lejos de ella. Por eso, la llamada de su yaya la había aliviado y hoy Athenea estaba muy feliz, porque sabía que la tenía muy presente y por recibir de ella su primera felicitación de cumpleaños.

Seguidamente Athenea descolgó el teléfono. Al girarse mientras recordaba las palabras de la abuela, vio una sombra negra en la pared como si de una criatura extraña se tratara. Estaba aterrada y dijo con voz entrecortada:

可是，这些年来，奶奶玛丽亚因为生意上的事情不得不去了纽约。起初，雅典娜不明白奶奶为什么要离开她，她一度以为她被抛弃了，这种情况一直持续到她适应了新的生活后才有所好转。尽管如此，雅典娜还是非常想念祖母，每每想起她的离开就感到心里非常难过。今天奶奶的电话让她松了一口气，她心里美滋滋的，因为奶奶给她送上了生日祝福，她知道奶奶也想念她。

雅典娜随后又拿起电话，她一边回味着奶奶刚才说的话一边转过身来，猛然间，她看到墙上有一个黑色的影子，好像一个奇怪的东西，她害怕极了，战战兢兢地问：

—¿Hay alguien ahí?
—Somos nosotros, tus padres— respondieron Carmen y Pedro mientras se acercaban a donde estaba Athenea.

Athenea se sintió muy aliviada al descubrir que se trataba de sus padres, pero en el fondo sabía que lo que había visto era algo diferente que nunca había visto. A continuación, se sentaron en el comedor para desayunar crepes con fresas y nata, el desayuno preferido de la familia. Luego, empezaron con los preparativos de la fiesta. Toda la decoración la habían realizado a mano con bastante antelación, dedicando tiempo a ello los fines de semana y con ayuda de algunos amigos y amigas de la clase. Además, elaboraron un hermoso pastel la noche anterior y varios aperitivos

"谁在那里？"

"是我们，爸爸和妈妈，"卡门和佩德罗在不远处回答。

雅典娜听到是自己的父母后放下心来，但内心深处有个声音告诉她，自己刚才所看到的一幕是以前从未见过的。接下来，他们来到餐厅开始吃早餐——奶油煎饼加草莓，这是全家人最喜欢吃的早餐。早餐过后，他们开始准备当天的生日聚会。房间的布置是他们利用几个周末的时间提前就做好了的，雅典娜班上的一些好朋友也跑来帮忙了。另外，他们前一天晚上还烘焙了一个漂亮的蛋糕，还有各种好吃的开胃菜，有三明治、鸡蛋饼、盐水煮

como sándwiches, tortilla, papas arrugadas, mojo, etc. La fiesta se iba a celebrar en el jardín, que era muy espacioso. En los alrededores tenían preciosas flores, como en un cuento de hadas, porque estaban en la época de la primavera y habían florecido recientemente. Con ayuda de sus padres decoraron con las flores de su propio jardín zonas de la fiesta, como el centro de la mesa, la guirnalda del cumpleaños, detalles para sus seres queridos… Todavía quedaban tareas por hacer y estaba resultando ser una mañana entretenida y ajetreada, pero la niña no podía parar de pensar en los regalos que le tendría preparados su familia. Entonces decidió preguntarle a su madre:

—Mamá, me gustaría preguntarte una cosa, ¿me podrías dar una pista de lo que me vas a regalar? —preguntó Athenea algo nerviosa

三明治、鸡蛋饼、盐水煮土豆、酱料等。

聚会在宽敞的花园里举行。雅典娜的生日正值春天，花园的花朵含苞待放，娇艳欲滴，美得就像童话世界一般。在父母的帮助下，雅典娜用花园里的鲜花给聚会的每个角落、每个物品都做了装饰，桌子上、生日花环上、给亲朋好友准备的礼物上等等……即便如此，他们还有不少任务未完成。这的确是一个有趣而忙碌的早晨，但雅典娜却无法控制自己不去想她的家人会为她准备什么样的礼物。她决定去问妈妈：

"妈妈，我想问你一件事，你能告诉我送我什么礼物吗？"

雅典娜一边有些紧张有些

y emocionada a la vez, mientras colocaba las servilletas en la mesa.

—Ah, como es una sorpresa, no te adelantes a los acontecimientos. Esta tarde lo descubrirás. Lo único que te puedo decir es que te gustará mucho —respondió la madre mientras colocaba los platos.

—Venga ya, mamá… Sabes lo que he estado esperando todo este tiempo, espero que sea lo que he pedido, ya voy a ser mayor. Cuando he ido a los cumpleaños de mis amigas y amigos les han regalado eso que tú ya sabes, porque tienen ya diez años —dijo Athenea con voz alterada.

Carmen estuvo en silencio unos minutos y evitó seguir hablando del tema; no quería que se le escapara ni una sola palabra sobre lo que le tenía preparado. Pero sí se pudo hacer una idea de lo que quería

兴奋地问道，一边摆弄桌子的餐巾纸。

"啊，这是一个惊喜，不能提前告诉你，今天下午你就知道了，我只能告诉你，你一定会非常喜欢它。"母亲一边摆盘一边回应道。

"告诉我吧，好妈妈……我现在已经长大了，你知道我一直很期待这个礼物，我多么希望是我想要的那个礼物。我去参加朋友生日聚会的时候，他们都收到了自己想要的礼物，因为他们已经十岁了。"雅典娜的声音有些激动。

卡门沉默了几分钟，不愿继续谈论这个话题。对于她为女儿准备的东西，她不想透漏任何一个字。但她心里清楚雅典娜想要什么样的生

Athenea por su cumpleaños y lo que pensó fue que quería que aún disfrutara de su infancia un poco más. Lo que la niña deseaba era un móvil o una Tablet; hoy en día casi todos los niños y las niñas de su edad disponían de ellos y estaban conectados a todas horas, porque les aportaban muchos juegos y les permitían ver series, vídeos o películas, y llamar sin límites a sus amistades. Ella quería saber lo que era tener uno, ya que en su clase todos y todas presumían de disfrutar de su dispositivo electrónico. Pero por el momento siguieron colocando las mesas, las sillas y la cubertería, hasta que llegaron los invitados e invitadas, que iban tocando al timbre de la puerta: ¡Ding Dong!

日礼物，她认为她应该多享受一下美好的童年时光。小女孩儿想要的其实就是一部手机或者平板电脑；如今，几乎所有跟雅典娜一样大的孩子都手持一部手机，他们随时随地保持联系，手机里面还有很多好玩儿的游戏，他们可以随心所欲地浏览视频、看电影、看连续剧，他们还可以无限量地给朋友打电话聊天儿。她多想知道拥有一部电子设备是什么样的感受啊，因为他们所有人都跟她炫耀自己的手机！想归想，她还得继续布置桌椅餐具。就在这时，有人按响了门铃：叮咚！

—¡Muchas felicidades, Athenea!
Sorprendieron a la cumpleañera
entrando en su casa.
Una vez que llegó todo el
mundo empezaron a comer
y disfrutar de la fiesta,
escuchar música y bailar
sin parar. Pasaron unas horas
y llegó el momento de la tarta
y de cantar el "Cumpleaños
feliz". Athenea estaba
ansiosa: mientras le
encendían las velas,
pensaba en su deseo,
el esperado móvil o tablet
como regalo de cumpleaños.
Sopló las velas y repartió
trozos de tarta a todos los
asistentes: amigos, amigas,
familiares, etc.
La tarta era de chocolate,
el sabor favorito de Athenea,
y estaba decorada con virutas
de colores, flores decorativas
comestibles, perlas y
corazones de golosina.

"生日快乐，雅典娜！"刚
把门打开，朋友们就给了雅
典娜一个大大的惊喜。
等人都到齐后，雅典娜
和朋友们开始享受聚会，吃
东西、听音乐、跳舞。不知
不觉几个小时过去了，是时
候吃生日蛋糕、唱生日歌
了。雅典娜有点儿等不及
了：当他们为她点燃蜡烛
时，她已经迫不及待地许下
了自己的愿望——期待已久
的手机或平板电脑作为生日
礼物。接着，她吹灭了蜡
烛，并向在场的家人和朋友
分发蛋糕。
蛋糕是雅典娜最喜欢的
巧克力口味，上面装饰着五
颜六色的糖屑、鲜花、珍珠
和心形糖果。

Después de la tarta llegó el gran momento, el de recibir los regalos y empezar a abrirlos. Mientras se los entregaban, ella no podía parar de pensar en los de su familia. Le regalaron muchas cosas: unos zapatos, un pijama, una mochila, ropa, etc. La familia, a continuación, procedió a entregarle sus regalos. El primero era un juego de mesa; el segundo, unas entradas para acudir a una obra de teatro y, el último, que era bastante grande, empezó a desempaquetarlo y eran… unos patines. No era nada de lo que había imaginado Athenea ni tan siquiera se acercaba… Entonces le empezó a cambiar la cara, mientras todos la abrazaban, le daban las felicidades y algunos se iban yendo. Cuando ya no quedaba nadie, la familia empezó a recoger y limpiar.

享受完蛋糕后，最激动人心的时刻到了——送礼物。当朋友们把礼物一件件送到雅典娜手中时，她还一直在思忖爸爸妈妈到底给她准备了什么样的礼物。小伙伴们送给她很多东西：几双鞋子、一件睡衣、一个背包、一些衣服等。紧接着是家人送礼物环节。第一个是一款桌面游戏，第二个是几张演出门票，最后一个礼物很大，她打开包装，里面是……一双溜冰鞋！这跟雅典娜想象的完全不一样，甚至都不沾边……她的脸色开始变得难看起来。就在这时，所有人都开始拥抱地，祝贺她。祝贺完后，大家都走了，一家人才开始收拾东西、打扫卫生。

Athenea se quedó sentada en el sofá durante un rato con la cabeza baja, sin decir ni una palabra. La madre se acercó y le dijo:

—Athenea, ¿te encuentras bien?, ¿te pasa algo? Te noto muy extraña— le dijo muy preocupada.

A Athenea empezó a temblarle la voz y comenzaron a salirle unas cuantas lágrimas y exclamó:

—Solo… quería una cosa… deseaba un móvil. Mis amigas y mis amigos ya tienen uno y tengo diez años. Voy a ser el hazmerreír del colegio.

Athenea fue elevando la voz cada vez más y se podía oír ya por toda la casa. La niña estaba enfadada y decepcionada con su familia. Pedro y Carmen la intentaron calmar, pero estaba muy furiosa. Empezó a llorar sin parar y sin mirar los ojos a sus padres. Pero, aun así, ellos estuvieron a su lado para consolarla y le decían:

雅典娜依旧坐在沙发上，低着头，一句话也不说。妈妈走过来问她：

"雅典娜，你没事吧？你看起来哪里不对劲。"妈妈很担心。

雅典娜颤抖着声音，流着眼泪，大声叫道：

"我只是……我想要一个礼物……我想要一部手机。我的朋友们都已经有手机了，而我也已经十岁了，全学校都会笑话我的。"

雅典娜的声音越来越大，大到整个房子都听得见，她对父母的所作所为感到愤怒和失望。佩德罗和卡门试图让她平复下来，但她依然非常生气，并开始大哭起来，她甚至都不想看他们一眼。尽管如此，父母还是在她身旁劝慰她：

—Athenea, sabes que nosotros queremos lo mejor para ti y consideramos que el móvil todavía puede esperar. Ahora necesitas disfrutar y jugar, pasar tiempo con nosotros, tu familia. Cuando lo consideremos oportuno, lo tendrás, pero ten paciencia, todo tiene su tiempo y su momento.

Athenea salió corriendo hacia su cuarto sin poder parar de llorar y cerró la puerta de su habitación tan fuerte que retumbó la habitación. Se acostó en la cama y, de repente, escuchó: ¡Toc Toc!

—Athenea, por favor, ¿podemos pasar? —preguntó la madre con incertidumbre mientras tocaba a la puerta.

—Sabemos que estás triste, pero queríamos darte un último regalo.

Athenea se levantó con los ojos como platos y decidió abrirles la puerta. Los padres

"雅典娜，你知道我们希望为您提供最好的条件，手机的事情你可以再等等，现在你需要享受生活，享受玩耍的乐趣，享受与家人共度时光的乐趣。机会到来的时候，你就会拥有它，但是要有耐心，要等到水到渠成。"

雅典娜听罢，二话不说跑回到自己的房间，"啪"的一声用力关上房门。她躺在床上，眼泪止不住地往下流。咚咚咚，传来一阵敲门声。"雅典娜，拜托，我们可以进来吗？"母亲一边敲门一边问道，"我们知道你很伤心，但我们还有最后一份礼物要送给你。"

雅典娜一听，两只眼睛瞪得老大，她擦了擦眼泪，决定起身开门。父母陪她一起

se sentaron junto a ella encima de la cama y le dieron su último regalo. Antes de abrirlo, observó que había una nota que decía: "Para que siempre te acompañe, tu familia. Te queremos mucho". Athenea estaba eufórica y empezó a romper el envoltorio de papel a toda prisa. Había una caja redonda con corazones, la abrió y dentro se encontró con un collar dorado con una solapa. No se trataba de un collar como otro cualquiera; tenía una pequeña nota que decía "Ábreme". Ella lo abrió y se encontró con una foto de su familia: ella, mamá y papá. Athenea todavía estaba triste, pero sus padres le colocaron el collar en el cuello y cada uno le dio un beso en la frente diciendo lo siguiente: "El tiempo en familia, nunca lo olvides, siempre será el mayor de los tesoros".

坐在床边，拿出了今天给她的最后一份礼物。雅典娜看到上面有一张纸条，写着：你的家人永远和你在一起，我们非常爱你。雅典娜心中一喜，连忙撕开了包装纸。只见里面是一个装满了小心心的圆形盒子，她打开盒子，发现是一条带有吊坠的金项链，吊坠上面还有一张小纸条，写着"打开"二字。打开吊坠后，她看到一张她和父母的合影，雅典娜见状还是开心不起来。爸爸和妈妈一起把项链戴在她的脖子上，又在她的额头上亲了一下，说："永远都不要忘记跟家人在一起的时光，这才是最大的财富。"

Para
que siempre
te acompañe,
tu familia.
Te queremos mucho.

Carmen y Pedro salieron de la habitación y la dejaron sola para que reflexionara y para que tuviese su espacio para pensar en todo lo que había ocurrido. Cuando se quedó sola, Athenea se quitó el collar, lo observó y, en un momento de ira, lo lanzó contra el armario y, dijo: "Ojalá nunca me lo hubiesen regalado". En ese momento el collar cayó al suelo y algo inusual ocurrió. Empezó a desprender un gran destello y todos los muebles de la habitación comenzaron a temblar. Parecía que el mobiliario tuviera vida propia, se fue apartando a un lado de la pared y aparecieron en la parte central de la habitación tres grandes portales. Athenea estaba asombrada, no sabía lo que estaba pasando. Comenzó a sentir que estaba en un sueño, se frotó los ojos y volvió a mirar nuevamente, porque había visto algo peculiar: la sombra que vio por la mañana cuando

说完，他们离开了房间，留下雅典娜一人在那里，他们想把空间留给她好让她慢慢觉悟。雅典娜摘下项链，看了看，一怒之下把它扔到了衣柜上，她忿忿地说："我就当他们从来没有送给过我这样的礼物。"项链掉到了地上，意想不到的事情发生了。项链开始发出耀眼的光芒，房间里所有的家具都开始晃动，它们仿佛获得了生命一般，纷纷移到了墙壁的另一侧，房间的中央瞬间出现了三个巨大的传送门。见此情景，雅典娜大吃惊讶，她不知道发生了什么，她感觉自己像是在做梦，她使劲揉了揉眼睛，定睛一看，这次她看到了一个奇怪的东西：是早上父母出现时她看到的那个影

aparecieron sus padres.
Sin creer lo que acababa de
suceder, pudo observar que
se trataba de un hada mágica.
Poco a poco fue siendo
consciente de lo que estaba
pasando y de que el tiempo
se había detenido por completo.
Se acercó hasta el hada,
que estaba en el suelo boca
abajo como si se hubiese caído
de algún sitio, hasta que se dio
cuenta de que su collar se había
convertido en este ser fantástico.
Athenea decidió cogerla con
delicadeza y acariciarla, porque
se sentía culpable de haber
lanzado su collar de esa forma
y causarle daño. El hada
empezó a brillar y pudo emitir
un sonido parecido al de un
arpa. Athenea se levantó
inmediatamente y la abrazó
como si la pudiera sanar.
Aquella preocupación que
sentía se transformó en
serenidad una vez que se
supo que el hada estaba bien.

子。眼前发生的这一切简
直让人难以置信——她看
到了一位仙女。
渐渐地，她才意识到
发生了什么，她感觉
那个时候时间好像完全
静止了。她慢慢地靠近仙
女，只见仙女脸朝下趴在
地上，好像从什么地方摔
下来一样，她知道是她的
项链变成了眼前的这个神
迹。雅典娜轻轻地搂住仙
女，用手抚摸着她，她对
扔掉项链并对她造成的伤
害感到愧疚不已。就在此
时，仙女的身体开始发
光，并且发出类似于竖琴
一样的声音。雅典娜赶紧
抱紧了她，仿佛这样就可
以治愈她。当看到仙女安
然无恙后，她才转忧为
安。

De repente, Athenea observó que el hada se había esfumado por arte de magia y se encontró encima de su cama una flor junto con una llave. Además, había una nota que decía lo siguiente: "Cuida esta flor que proviene de tu hermoso jardín, así recordarás cómo me atendiste cuando más lo necesitaba. Con esta llave podrás abrir cada portal que te guiará al camino por donde quieras ir. Recuerda cuidar aquello que amas". La nota se desvaneció y ella cogió la llave para empezar este nuevo desafío al que tenía que ser valiente para enfrentarse. Intentó abrir la primera puerta y tardó varios segundos hasta que la abrió. Con mucha incertidumbre, decidió afrontar la situación y entró. En este portal pudo contemplar qué habría ocurrido si le hubiesen regalado un móvil el día

突然，仙女神奇般地消失了，雅典娜不知所措，四处张望，却意外地在床上发现了一朵花和一把钥匙，外加一张纸条，只见上面写着：照顾好这朵来自你的美丽花园的花，这样你就会记得在我最需要的时候你是如何照顾我地，用这把钥匙你可以打开每个门户，它会指引你想去的地方，记得要照顾好你所爱的东西。很快，纸条又消失了。雅典娜拿起那把钥匙，她要勇敢地面对接下来的未知挑战。她先试着打开第一扇门，结果只花了几秒钟时间就把打开了，尽管疑虑重重，她还是决定义无反顾地迈进大门。在这个门户里，她经历了在生日那天如愿以偿得到手机后的一系列场景。她的生活变得

de su cumpleaños. Su vida sería distinta, parecía más triste e irritable. Estaría muy enfocada en el uso del móvil, lo usaría a todas horas incluso para poder dormirse. Solo querría jugar a videojuegos y subir fotografías a las redes sociales haciendo ver que tenía una vida maravillosa que era inexistente. Ya no saldría con sus amigas como antes, simplemente se limitaría a chatear con ellas y comentar fotos. Sus notas bajarían notablemente, porque perdería el interés en lo académico y ya no le dedicaría el tiempo necesario a estudiar. Las comidas familiares se volverían monótonas y aburridas, porque no conversarían en familia, ya que su atención estaría centrada en el uso del móvil. Parecía que estaba absorbida por un aparato tan pequeño, porque ya no jugaría con

很不一样，她看起来更加悲伤、烦躁。只见她很着迷地玩儿着手机，一刻不停地在玩儿，甚至抱着手机入睡。她只想玩儿游戏、在社交媒体上发照片，假装过着并不存在的美好生活。她不再像以前那样跟朋友出去玩儿。她只和他们在网上聊天、给他们的照片发评论。她的成绩下降得很快，她对学习不再感兴趣，她不愿再花费时间刻苦读书。家庭聚餐也变得又单调又无聊，他们也不再像一家人一样说说笑笑，因为所有人只顾埋头玩儿手机。她似乎被这么一个小小的东西给深深吸引住了，她不再玩儿心爱的玩具，她把

sus juguetes, los guardaría en una caja grande y se llenarían de polvo. Athenea pudo ver que estaba perdiendo muchos momentos maravillosos con sus seres queridos y que estaba dejando de lado a lo que más quería: su familia, sus amistades, sus juguetes, que eran parte de ella.
A continuación, el portal se cerró y desapareció. Athenea estaba algo aturdida y no podía parar de pensar en lo que había presenciado. Seguidamente, abrió la puerta del segundo portal y pudo ver cómo sería su futuro sin el uso del móvil, ese regalo tan esperado. Pudo contemplar que sus amigas y amigos siempre la avisarían para salir por las tardes, que pasaría disfrutando de diferentes pasatiempos, como juegos de mesa, manualidades, etc. También, salían a montar en

它们装在一个大盒子里，任凭它们落满灰尘。雅典娜看到她错过了许多与亲人在一起的美好时光，看到她放弃了最心爱的家人、朋友和玩具，这些都是她生命中不可或缺的一部分。

接着，这扇门关上了，消失在她面前。雅典娜有些茫然，她还无法从刚才所目睹的场景中反应过来。接下来，她打开了第二扇门，在这扇门里，她看到了如果没有手机这个期待已久的礼物，她的未来会是什么样子地。她的朋友总是约她下午出去玩儿，她享受着自己的各种爱好，桌面游戏、手工制作等。还有下雨的时候，她跟朋友一起出去骑自行车，浑身沾满泥巴却也乐在

bicicleta y a llenarse de barro en los días lluviosos mientras conversaban y contaban historias. Además, estaría más concentrada en clase y sus notas serían elevadas, le dedicaría más tiempo a estudiar y realizaría sus tareas, siempre estaría motivada y con ganas de aprender. Asimismo, pudo ver cómo su familia la apoyaría y disfrutaría de su compañía, y cómo su vínculo familiar sería muy fuerte y especial, porque pasarían tiempo juntos mientras comían, cocinaban, cuidaban del jardín, etc. En ese instante, Athenea se dio cuenta de que el amor por su familia era infinito.

Cuando menos lo esperaba, el portal se cerró y la llave la condujo al último. En este, pudo reflexionar sobre lo que había visto en los

其中，他们总是兴致勃勃，有说有笑。

此外，她上课更专注了，成绩也有很大提高，她把越来越多的时间花在读书上，她积极完成作业，看起来动力十足，十分渴求学习。同样，她看到家人如何支持她并享受她的陪伴，她看到他们的家庭纽带牢固、紧密，她看到他们全家人一起做饭一起吃，一起在花园里劳动。那一刻，雅典娜才意识到她心灵深处对家人有着无限眷恋和热爱。

就在这时，意想不到的事情又发生了，传送门又关闭了，钥匙把她带到了最后一扇门前。在这扇门里，她可以反思之前看到过的景象，

anteriores portales y vio que una sombra se acercaba a ella y se fue poco a poco aclarando, hasta que se volvió nítida y pudo contemplar a su querida abuela. Athenea estaba emocionada pudo sentir su cálido abrazo, aunque sabía que era una simple ilusión, y escuchó las palabras de su abuela diciendo lo siguiente: "Quédate donde seas feliz y guíate por tu corazón". Tenía en sus manos la oportunidad de cambiar su destino, aunque sabía que la decisión era difícil, y no sabía si lo correcto o lo que quería era dejarse llevar por aquel regalo que tanto deseaba o valorar los momentos que había visto en aquel portal donde contempló una felicidad que no había visto en el otro. Tardó unos minutos en tomar la decisión y tuvo en cuenta el consejo de su querida abuela,

她还看到有一个影子正在向她靠近，影子逐渐变得清晰，她看到了，是她心爱的奶奶。雅典娜很兴奋，她甚至都能感受到奶奶温暖的怀抱，尽管她知道这只是一个幻觉，但她能听到奶奶这样跟她说："待在你觉得快乐的地方，听从你心灵的指引。"

改变命运的机会就掌握在她的手中，但她知道做出决定并非易事。她不知道追随梦寐以求的礼物是自己真正想要的东西，还是应该珍惜在那个门户中从未见过的幸福场景？仅仅思考了几分钟，雅典娜决定接受她深爱的祖母的建议——遵从内心的声音。

guiarse por su corazón. Gracias a esta lección, Athenea deseó volver a estar con su familia, disfrutando de ellos como lo había hecho hasta ahora. Durante el tiempo que duró esta experiencia, Athenea valoró lo que le había ocurrido y lo consideró una oportunidad de ver su vida desde otras perspectivas que le enseñaron lo que verdaderamente quería y necesitaba. Por ello la ayudó a pensar en lo que le habían dicho sus padres sobre el uso del móvil: "Todo tiene su momento". Se dio cuenta, en fin, del valor que tiene el tiempo en familia y de que no hay nada por lo que merezca la pena cambiarlo. El portal, inmediatamente, emitió una potente luz que dejó la habitación tal y como estaba al principio Athenea se encontró con el collar puesto en su cuello y decidió bajar al salón donde se encontraban sus padres

感谢这次经历，雅典娜选择了重新与家人在一起，像以前一样享受属于他们的天伦之乐。

经过了这么多事情，雅典娜更加珍惜刚才所发生的一切，它教会了她如何从另外一个角度看待自己的生活，什么才是自己真正想要的和真正需要的东西。这次经历让雅典娜明白了父母告诫过她关于手机的话："一切要等到水到渠成。"总之，她懂得了时间、陪伴对于家庭的重要性，这是任何东西都无法替代的。

一道强光过后，第三个传送门也消失不见了，房间恢复了原貌。雅典娜发现项链依然挂在自己脖子上，她决定去客厅找父母。 来到

para agradecerles lo especial que había sido este cumpleaños, y decirles lo afortunada que se sentía de que no le hubiesen regalado el móvil, porque se había dado cuenta de lo feliz que era sin él. Los padres se llenaron de orgullo por la reflexión y las palabras de agradecimiento de su hija. A continuación, le propusieron a Athenea continuar la celebración de su cumpleaños yendo a un sitio sorpresa, ya que todavía no había terminado su día. Le dijeron que debía vendarse los ojos y así lo hizo. La subieron al coche con cuidado y condujeron hacia el destino esperado. Athenea estaba nerviosa y preguntaba constantemente a dónde irían, intentaba adivinar los posibles sitios. Pero ninguno de ellos era el lugar al que la conducían sus padres. Ya no aguantaba más el tener los ojos vendados,

客厅，她告诉父母，她的这个生日如此与众不同，他们没有给她买手机作为礼物是多么幸运的一件事，因为她知道没有手机的生活是多么幸福。父母对女儿的幡然醒悟和感激之辞倍感骄傲。

接下来，他们向雅典娜提议去别的地方继续庆祝她的生日，因为属于她的这一天还没有结束呢。他们告诉她要蒙上眼睛，雅典娜照做了。父母小心翼翼地把她扶上车，然后朝目的地驶去。在车上，雅典娜非常紧张，不停地问父母要去哪里，她使劲地猜可能要去的地方，可是，无一例外都没猜对。眼睛被蒙住让她很不适，

pero tenía que ser paciente,
aunque no paraba de preguntar
lo siguiente:
—¿Falta mucho? ¿Cuánto queda?
—No mucho, Athenea, enseguida
llegamos— respondió su madre
con voz paciente.
Cuando menos lo esperaba,
ya habían llegado. El coche
se detuvo y los padres la
ayudaron a bajar muy
despacio. Guiándose por
las manos de sus padres fue
caminando con ellos hasta que
le dijeron que tenía que esperar.
En ese momento, le quitaron
la venda y pudo al fin abrir
los ojos… Tenía la vista
borrosa, hasta que pasaron
unos segundos y pudo ya ver
con claridad. Ahí estaba ella,
su querida abuela en frente
de su nieta en el aeropuerto.
Había viajado para encontrarse
con la familia. Se fundieron en
un gran abrazo, sin poder creer
que por fin estaban juntas.

但是她得耐住性子，她问
道：
"还有多少路？ 快到了
吗？ "
"没多少路了，雅典
娜，我们很快就到了。"母
亲耐心地回答道。
没过多久，他们到了。
车子停了下来，父母扶着她
慢慢下了车，他们一直这样
往前走，直到她听到说停。
那一刻，她的眼罩被摘掉
了，她终于可以睁开眼睛
了……她的视线变得有些模
糊，慢慢地，她才看清楚，
有一个人站在前面，她深爱
的奶奶就站在她面前——在
机场大厅里。为了见她，她
亲爱的奶奶飞回来了，他们
四个人紧紧拥抱在一起，一
家人终于团聚了！

Hacía años que no la veía
y para ella había sido el mejor
regalo que jamás pudiese
tener. La abuela María había
llegado para quedarse
definitivamente y así se
lo hizo saber a Athenea.
Para María el tiempo había
pasado muy deprisa, y ya
era muy mayor. Se había
dado cuenta de que su
prioridad había sido siempre
el trabajo, siempre dedicada
a ello desde que tenía
catorce años. Había tenido
diversos oficios como
costurera o dependienta,
e incluso montó su propia
empresa de cosmética,
con la que obtuvo grandes
ganancias.
Sin embargo, no era feliz,
no se sentía completa porque
le faltaba lo más importante:
el cariño de su familia.
Por eso, decidió vender su
empresa para estar junto a
ella. Todo este tiempo había

她已经很多年没有见
到奶奶了，对她来说，此
时此刻才是最好的生日礼
物，况且奶奶告诉雅典
娜，她这次回来她再也不
走了。对于奶奶玛丽亚来
说，如今她年事渐高，以
前她的首要任务是工作，
从十四岁起一直工作到现
在，做过裁缝，当过店
员，甚至还创办了自己的
化妆品公司，从中也赚取
了巨额利润。
然而，奶奶过得并不
快乐，她觉得自己的生活
算不上圆满，因为缺少了
最重要的东西：家人的
爱。所以，她决定卖掉自
己的公司回到小孙女身
边。这些年来，她看到了
孙女在没有她的陪伴下渐
渐长大，她知道自己错过

visto cómo su nieta crecía sin ella estar a su lado y que se estaba perdiendo un momento muy valioso que jamás recuperaría. Juntas habían aprendido, de una manera u otra, el valor que tiene el tiempo en familia, que acabó siendo lo más apreciado en sus vidas.

了一段非常宝贵而又无法弥补的时光。无论如何，雅典娜和奶奶都深刻领悟到了陪伴家人是多么重要的一件事，这也成为她们生命中最值得珍爱的事情。

Los autores

作者

Ariadna Santana Fiérrez, canaria de naturaleza, se dedica a la docencia desde el ámbito social. Durante su trayectoria profesional ha publicado varios artículos de investigación en diferentes congresos educativos. Su interés por la protección de la infancia ha sido la motivación para escribir el cuento *Cuidado con lo que deseas,* ganador de la XIII Edición de Cuentos Solidarios, su primer libro publicado. La autora cree que la literatura infantil es una herramienta muy eficaz para inculcar determinados valores básicos y aspectos fundamentales en el establecimiento de una conducta adecuada para la vida.

Kilian González Cardona es un ilustrador apasionado del diseño, la animación y cualquier vertiente artística en la que pueda hacer lo que más le gusta, crear. Como *freelance* ha hecho ilustraciones para algunos comercios, portadas de discos, encargos personalizados y proyectos personales, uno de ellos *Bereber y la fauna de Canarias,* un juego de mesa didáctico inspirado en la fauna endémica e invasora de Canarias. Sus objetivos son seguir ilustrando juegos de mesa, además de libros, series o videojuegos.

Lili Wang, doctora por la Universidad de Las Palmas de Gran Canaria, actualmente es profesora de chino en la Universidad de Las Palmas de Gran Canaria; graduada en la Universidad Normal del Este de China (Shanghái) con una licenciatura en Enseñanza de Chino como Lengua Extranjera y una maestría de la Universidad de Estudios Internacionales de Shanghái. Tiene muchos años de experiencia docente y está comprometida con la enseñanza y la investigación de la lengua china.

Ariadna Santana Fiérrez, 西班牙加纳利本地人，致力于社会领域方面的教学工作。在她的职业生涯中，已在教育方面的会议上发表多篇论文。一直以来对儿童保护方面的兴趣是她撰写本篇故事《小心你的愿望》的原动力，该故事也是她出版的第一本书，该书也是第十三届《Cuentos Solidarios》的获奖作品。作者认为，儿童文学是帮助儿童输入一些基本价值观以及帮助他们建立适当的生活行为方式的非常有效的工具。

Kilian González Cardona 是一位插画家，他热爱设计、动画和艺术，并热衷于创作。作为一名自由职业者，他为企业、专辑封面、个性定单及个人项目绘制插图，其中代表作之一是《柏柏尔人和加那利群岛的动物们》（Bereber y la fauna de Canarias），这是一款受加那利群岛动物群启发而创作的具有教育意义的桌游。未来，Kilian的创作目标是继续为桌游、书籍、电视剧或者视频游戏绘制插图。

王丽丽，西班牙拉斯帕尔马斯大学博士学位，现任拉斯帕尔马斯大学中文教师。本科毕业于华东师范大学对外汉语专业，硕士毕业于上海外国语大学，有多年教学经验并致力于汉语国际教育及研究。